저는 당신에게
소중한 사람이 되고 싶습니다.

 님께
_____

 드림
_____

굼벵이 장보러 가듯

국립중앙도서관 출판시도서목록(CIP)

굼벵이 장보러 가듯 : 배정주 시집 / 지은이 : 배정주. -- 서울 : 한
누리미디어, 2016
    p. ;   cm

ISBN 978-89-7969-726-1 03810 : ₩9000

한국 현대시 [韓國現代詩]

811.7-KDC6
895.715-DDC23   CIP2016025323

배정주 시집

굼뱅이 장보러 가듯

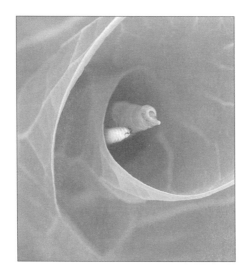

한누리미디어

이제야
풍경 볼 수 있는 속도를 알았으니
굼벵이 장보러 가듯
그렇게
쉬엄쉬엄 걷고 싶다.

2016년 10월

배 정 주

차례 Contents

제 1 부 개나리꽃

| 배정주 시집

제2부 겨우살이

13

차례 Contents

제3부　홍도의 아침

제4부 굼벵이 장보러 가듯

15

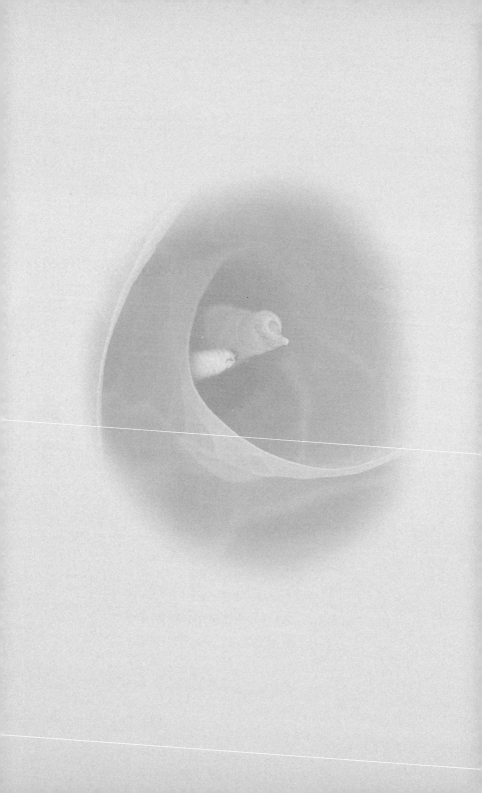

제 1 부

개나리꽃

그녀

그녀는 썰매를 탔다 살얼음판 밑 물길은 시도 때도 없이 소용돌이쳤다 썰매타기하던 20살 무렵 살얼음판 속을 몰랐다 그런 사이 얼음판은 그렁저렁 녹아내리기 일쑤였다

살얼음판을 거침없이 지치던 30여 년 전 그녀가 남편을 만났다 얼음판은 무게를 견디지 못했고 몸부림쳐도 몸은 빠져나오지 못했다 곁에 있던 그 아무도 눈길 주지 않았다

그녀의 동공 속 썰매가 있다 이맛살 늘고 뱃살 내려앉은 나날들, 이제 얼음판을 걷지 못한다 얼음판이 녹아내리고 있다

그녀를 보면 노래 부르고 싶어진다

그녀를 보면 노래 부르고 싶어진다
물새가 울 듯 목청 떨리고 아무도 없는
마음에 나 홀로 앉아 있을지라도 한 곡조
끝나기 전 다음 곡이 생각난다
가쁜 숨 몰아쉬고
자장가 부르고 싶어진다

노래 속에 모든 것이 숨어 있고
보인다. 가슴 속 앙금으로 남은 슬픔이 숨어 있고
보인다. 갈 길이 달랐던 그녀의 앞뒤 발자취가
숨어 있고 보인다. 노래 부르고 싶어진다 바닥에
떨어지는 자선냄비의 종소리, 재즈그룹의
뒤틀리는 베이스기타, 동그랗게 누워 있는 악보,
모든 것 가기 전 한 번 부르고 싶어진다 나는
그 길 위로 날아오르는

갈무리꽃

― 저녁놀

  눈 톡 쏘는, 입 풋풋한, 손 뜨거운, 금빛 물결이다가, 핏빛으
로 물든 하늘마저 불붙어 타오른다

  바지 찢어질 듯 드러난, 속 입술 깨물고 솟구치는, 목청 가
늘게 흩어지고, 불길에 휩싸인다 어금니를 문다

  갈무리하는 송도(松島)의 저녁놀, 우리가 지고 있는 해라고
부를 때, 소곤대는 불두덩이, 아래 불길 위로 퍼지며 온 몸통
불바다로 만든다

개나리꽃

그냥 서 있는 모습을 하고 있으나
숨쉬는, 향기 없어도
화려하지 않아서 좋다
바람 부는 날
온몸 부대끼면서
나를 안아주는,
둘이 웃었다
별자리 밟고 빛나는
가느다란 몸에서
흘러 나왔다
나이 몇 살 늘린다고 해도
달라질 것 없는,
모두 입맞춤하고
그 날 따라 아름다웠다
향기가 없어서 더욱 아름다웠다

시간 끌기

배꼽이 말라 간다 손가락을 펴서
귀를 후비고 연방 펌프질을 한다
그러나 수맥(水脈)을 찾을 수 없다
벌거숭이 산에서 숨어 사는
초록 눈썹을 찾는다

가슴을 맞대니 눈 속 가득히
꽃잎 쏟아진다 가슴팍에
붙들어 맨다 수도꼭지를
비틀어도 물이 나오지 않는다
벌거숭이 가지 밭을 지키는
눈빛이 입을 벌린다
저기 저 넘어가는 달을
끌어안아도 귓구멍은 노란
동공 속에 있어 잡을 수가 없다

달궈진 어둠을 밀어내는 발
우레와 함께 우두둑 비가 쏟아진다

촉촉해진 어깨, 턱에 닿은 숨 몰아
쉬고 능소화에 빠져든다

반성

네 손을 붙잡을 때마다
여우귀 세우고
있었을 사람

눈 부릅뜬 사람을 볼 때마다
몸서리치게 놀랐을
주변 모든 물상들

이제는 돌아와

알전구 나간
차디찬 방에서
고개 숙인
남자

| 배정주 시집

그림자

너의 모습은 나의 그림자인데
사이도 좋게 완전하게 빼박았는데
왼손 올리면 오른손 올라가고
찡그리면 소리 내어 웃고
왜 그리 사뭇 다른 모습인가

나의 모습은 너의 그림자인데
사이도 좋게 완전하게 빼박았는데
툭하고 앉으면 일어서 버리고
세상의 소리 삼키면 뱉어 버리고
왜 그리 사뭇 다른 모습인가

엇박자라고 생각하는 것들이
실은,
진짜인 줄 알고 있지만

굼벵이 장보러 가듯 |

쉼터

당신 가슴 속 어디 한 켠에 끝없는
초원이 펼쳐져 있어
달아오르는 아침 햇살 업고
풀무치, 방아깨비 한껏 날아오르네
놀이터인 듯 낙원인 듯
초동들도 도란도란 놀다 가는 곳
당신 가슴 속 어디 한 켠에 끝없는
초원이 펼쳐져 있네

e-모텔

네온사인 잠들고 있는
복지정육점, 수정목욕탕, 화다닥,
길다란 시장 골목길 끄트머리 불빛
달무리 삼키며 어둠을 지키는
외로운 섬 하나
비틀거리는 그림자 잡아주는 등대
막힌 가슴 뚫어주는 수줍은 항구이다

굼벵이 장보러 가듯 |

우리의 사랑은

사랑이 끝나가는 길목에
사랑으로 남아 있는
그림자
혼자만의 사랑을 담고
그 길을 걸어가는 사람
길이 없어진 자리에도
그림자는 머물고
스스로 그림자 되어
그 길 위에 누워 본다

사랑이 식어가는 길목에
오래 바라보는 것만으로도
만족해야 했던 사람
비둘기 떼 지어 날아다니고
어딘가를 향해 손짓하는
순간,
번쩍이는 불빛
추억을 먹으며 일어나는

그림자

와락,
깨진 유리병에 입술을 맞추고
우리의 사랑은 아직도
진행중

굼벵이 장보러 가듯 ┃

해장국

그녀가 해장국을 끓여놓고 출근하였다
조간신문보다 한 발 앞서 들어온
소름 돋도록 미웠을 나를 위하여

어젯일을 되새기며
흘러내리는 눈물을 닦고
고개 숙여 이마를 붙잡고
뚝배기를 꼬옥 보듬어 보았다

그녀의 가슴 속으로 들어가
짓찢어진 흉터를 입술로 핥고 입김으로 꿰맨다
손톱이 떨어져 나가고
혓바닥에 피가 배어 나와도
아물지 않을 상처인 줄 알면서도

그녀는 한평생 나의 사랑만을 알았으니

벽시계

선잠에서 깨어나
촛불을 켰을 때
땀에 흠뻑 젖어 있는 너
우리집 첨병
잠 못 자는 병이라도 걸렸나

어둑한 새벽
무거운 눈 치켜들고 일어난 너
깊은 잠에 취해 있는 식구들 깨우고
아침식사 준비하는 너
우리집 지킴이
잠이라도 실컷 잤으면

애증(愛憎)의 달

밤하늘에 떠 있는 초록 눈썹을 보면 눈을 감고 싶을 때가 있다 시린 눈물 닦아내고 불러도 보이지 않는 모습 달궈진 불꽃으로 다가온다

28년을 넘긴 지금 불꽃의 속살을 본다 큰 비 지나간 자리에 없던 길 생겨나고 낮은 곳으로 떠내려 온 눈물 자국들이 번호표도 없는 채 그 속에 자리 잡고 있다

마음에 있는 말 다하지 못하고 손금을 맞추어본다 지친 바람 날갯짓한다 꽃이 피기 전의 떨림, 귓불이 솟구친다 만날 사람 아무도 없어 가슴으로 덮는다

그 날 그 약속

의왕시 내손로 70-14
그 터널에서의 약속
살아있다 가슴 속에

눈을 감고도
건너뛸 수 있는 길
보인다 별똥자리

욕망의 숲길
헐떡헐떡 달려가는데
아파야, 자지러든다

몽롱한 눈빛으로 뒤돌아본
그 긴긴 터널
속삭인다 30년 전 그대로

이쁜이이지 말입니다

지상의 모든
생명들
무생명들

한없이
걷고 싶을 때 걷고
울고 싶을 때 울고
싸우고 싶을 때 싸워야지
생물은 커간다 말입니다

한낮에 문을 연 호프집 사장은
봄빛 햇살에 생명줄을 매달고 있지만
속이 아리는 것은
매달려 있는 생명을 바라보는
무생명들
고개 돌려 지나치고만 있지
말입니다

사각사각 손등을 내밀 때
따라오는 것은
양념된 닭다리 대신
앞 다투어 얼굴을 내민 봄꽃들이지
말입니다

기다려줄 때
걷고 울고 싸워야지
연산홍 철쭉을 볼 수 있겠지요
그래도 그래도 봄꽃보다 좋은 것은
오선지 굴레 속에서
30년을 다투어 왔던 이쁜이이지
말입니다

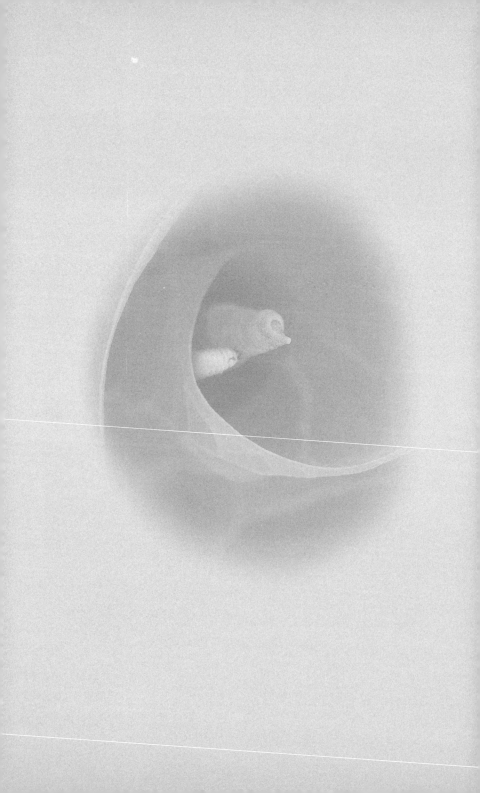

제 2부

겨우살이

펌프질

질퍽한 흙 그릇에 발을 묻고 유혹의
혓바닥을 움직이며 날카로운
사랑의 날을 갈아댄다

살 속에 사는 인간의 잔뿌리 질긴
생명을 아직 싹 트이지 못한 채 한밤에
태어나 수많은 촉수를 뻗어 휘저으며
그대와 함께 일구어낸 폭풍의 숲, 잠시
그대 집에 들어가 살다가 홀연히 떠나
버리고 가슴을 꿰뚫고 흐르는 강물에 먼 거리를
달려온 돛단배는 끄덕끄덕 흘러만 간다
한 번 눈길 마주쳤다 하여 발길을 허락하지 않는 땅
송이버섯 향내를 걸쳐놓은 듯 짜릿함이 방안을
채워갈 때 차디차게 멍든 그 가슴을 보면
답답한 기다림 허물어지고 말아 너의
젖무덤에, 불두덩의 언덕에, 불꽃이 날아오르는 옹달샘에,
내 몸을 던진다

38

갈대

햇살 따라 바람이 흘러내리고
갈대는 기다렸다는 듯 바람을 탄다
잎을 털어버린 앙상한 팔
찬바람에 잠 못 이룬 하늘을 향해
지나가는 시간을 붙잡으려 부질없이

잿빛 구름 얇게 깔린 날
가쁜 숨을 여과 없이 토해내곤
은빛 날개 달린 씨앗 젖가슴에 묻어둔다
그런 어느 밤
소리 없이 울고 있던 갈대는
그 씨앗이 달콤한 앵두로 변해 있다는 것을 알았다
그의 몸이 떨리고 있다는 것을 알았다
갈대는 저를 떨게 하는 것이 사랑이라는 것을
끝내 몰랐다

겨우살이

노란 덩어리가
내 등에서 자라고 있었다
손이 잘 닿는 곳에 있어 긁을 수도 있고
거울로 비춰보면 또렷이 보여
가려워도 참을 만했다
영역을 넓혀가는 덩어리
내 등을 거칠게 했고
양분을 빼앗아가 몸무게도 줄어들었다
친구 하나 없이 홀로 있을 때면
만져도 보고 벽에 문질러도 보고
주린 배를 채워 주는 한 조각 달빛이었다
병원을 찾아 칼로 도려내면 되겠지만
지도 생명체인데
약간의 가려움을 참으면 되겠기에
수 년 간을 지고 다녔다

언제부턴가
부담이 되기 시작했다

배정주 시집

그 덩어리가 겹살림을 하는 것인지
아예 내 몸뚱이의 주인 노릇을 하는 것인지
그의 동네도 번지도 모르면서
공생해야 한다는 것이 몸서리치도록
가슴 아픈 일이지만
칼질을 생각하니 눈물이 난다
그의 처지를 생각하니 눈물이 난다

까닭 없이 그렇게 산다

어젯밤 꿈속에서
까닭 없이 미워졌다 종일
까닭 없이 그녀가 지겨웠고
까닭 없이 멀어져 갔다

꿈속에서 깨어난 지금은
까닭 없이 그리워진다
한걸음에 달려가 창문을 열고
식어가는 불두덩 묻어두고 싶다

미워 미워 하도 미워 몸서리치던 그 날
잘 보이는 벽면에 더는 안 보겠다
검은 매직으로 그려놓고
오늘은 붉은 매직으로
다시 그린다

내가 미워 못 살겠다던 그녀
모래 가득한 놀이터에 맨발로 달려와

대롱대롱 어깨에 매달려 주문을 한다
사과 딸기 토마토 먹고 싶다고
거죽 두툼한 바나나까지 손에 든 채

사랑한다고 하는 것들은
그렇게 산다. 까닭 없이
끄떡도 없이

이 여름에

나,
이 여름을 어떻게 지내야 할까
내 욕심 채워줬던
사람 보내고
현관 비밀번호처럼 잊을 수 없었던
그림자 보내고
어젯밤 폭우와 같이 온
바람 보내고
이 여름을 어떻게 지내야 할까

입술이 아리도록 입을 맞추는
학의천* 오리부부
날개 펼치고 하늘로 날아갈 듯
춤을 추는데
시간 없다 외면해 버리고
기억 한 번 되돌리지 않고
전화 한 번 걸어주지 않고
살아간다는 것이

| 배정주 시집

나,
나를 잃어버렸다
이 여름에

* 학의천(鶴儀川) : 경기도 의왕시 청계산에서 발원하여 안양천으
로 이어지는 하천

굼벵이 장보러 가듯 ┆

비 오는 날엔

무거운 하늘이 막힌 가슴
두드릴 때
먼 곳,
희미한 점으로 굳어진 옛 사랑이
나를 부른다

잿빛 갈대숲
번뜩이는 번개의 몸부림에
와락 끌어안은 너의 봉오리
나를 무너뜨릴 듯
거친 숨소리만

말라버린 옹달샘을 적시는 소리
가슴으로 들어올 때
내가 훔치고 싶은 것은
진한 향수(香水)에 젖어 있는
너의 속옷자락

46

| 배정주 시집

비 오는 날엔
이끼 돋아버린 어항 밑바닥을
마악 삶아낸 수세미로 구석구석 닦아주고 싶다
구겨진 입술 벌어지며
파도소리 밀려올 때까지

평촌동(坪村洞)의 별

잠깐 얼굴 보이고
제 집으로 들어가 버린다

저 눈부신 별
낮의 하얀 어둠속에서 가져온 것
고작 수십 초 사랑하기 위하여
하늘 언저리
붉게 달구어진 덩어리와
전투를 벌이며 기다린 시간

긴긴 기다림 앞에
별이 없음이여
파도처럼 부서지고 마는
나의 작은 소망이여
고난의 흔적 지우고
다시 문 열고 나올 때까지
너는 나의 연인
나는 너의 노예

48

너 (1)

눈물이 송알송알 쏟아지는 달
푸른 빛이다

냉랭한 달빛에 빠져드는 얼굴
참! 시퍼렇다

낮달에 멍들고
후줄근한 숨결에 속임 당해

그 속은 파랗게 물들어
시네마의 팝콘이 된다

누구나 눈 감고도 씹어
먹을 수 있는,

너 (2)

너 갈 길 정해져 있으면
나도 그 길로 데려가 주오

나 정해진 길 없어 네게 물으니
마음의 문 열고 가르쳐 주오

달빛에 흐려져 어슴푸레 보일지라도
그 속은 붉은 빛으로 타오르고 있을

나, 그 속으로 뛰어들고 싶어

배정주 시집

꽃대

뜨겁게 손짓한다 거기
바랜 립스틱 매달아둔 채
구석까지 꽃대를 키워간다

벌건 얼굴로 속내를 감추고
날갯짓하는 잎 속 화려한 무늬들
암술과 수술의 의미들
활짝 핀 꽃들은 왜 모두 길손들을 붙들어 잡는가

꺾인 무릎 끌어 안고 서둘러 이사 갈 때
달개비꽃도 애써 집을 옮긴다
서울 밤을 장식하며 보신각종을 두들긴다
꼿꼿이 귀 세우고 나그네
꽃구경 나온다

저녁부터 신새벽까지
제 살을 깎아 꽃대궐을
이루었으나 꽃잎 그늘 모습으로 돌아간다

이별

당신은 무엇을 그리
생각하는지요
이끼 낀 학의천 징검다리에
드러누워서

수줍은 진달래꽃
한 잎 두 잎 떨어지고
냇물은 소리 없이 가슴 속을
파고들 때에

얼굴에 주름살 백 겹이
쌓일 때까지 곁에 있겠다던
둘만의 약속이
있었습니까

가랑비 내리는 밤
우산도 없이 학의천 돌무덤에
걸터앉아서 가물거리는

그림자를 잡으려 합니다

얼굴에 주름살 백 겹이
쌓일 때까지 곁에 있겠다던
둘만의 약속을
잡으려 합니까

굼벵이 장보러 가듯 |

닭발이 되고 싶다

스멀스멀 피어오르는 닭발
굽는 연기가
뒷등을 오래 보여준 여자
냄새가 되어
가슴 속으로 파고든다

구겨진 심장박동이 어느 한 순간
살아날 때
헐떡헐떡 다가와 차디찬 마음을
녹여주는 너
닭발요리를 좋아하는 너
닭발이 되고 싶다

닭발 한 입에 털어 넣고 곁눈질로
건드려 보면
어두워지다 금세 밝아지는
동그란 얼굴
우리의 노래가 사랑의 역광이 되어

말없이 통할 때
작은 소망 한 송이 장미로
피어날 때
너와 나는 한 점이 된다

구들장

구들장에서 삼겹살이 불탄다
천장이 울었다
들리는 것은 아우성인데 귀가
아픈 게 아니라 눈물이 났다
천장이 울고 나도 울었다

삼겹살 데이,
한 쌍의 사슴처럼 마주앉은 구들장은
내 삶의 쉼터
북받치는 슬픔을 노을빛으로
우려내는 요술 도화지

아직은 긴 터널을 벗어나지 못한 채
자물쇠 움켜쥐며 흔들고 또 흔들어도
열리지 않던 그 날
구들장이 부활하는 씨앗으로
돌아올 때까지
우리는,

| 배정주 시집

안개

매양 다니는 길인데
찾을 수가 없어요
당신이 가려는 길도
그러한가요

내게 오는 당신의 길이
보이지 않으면
내가 가려는 길도 슬픔에
잠기고 말아

노오란 은행잎 제집
찾아가는 가을 끝자락에
마음의 구멍마저
막혀 버리지는 않을까요

당신의 동공에
내가 지워져 버리면
어찌 해야 하나요,
나는

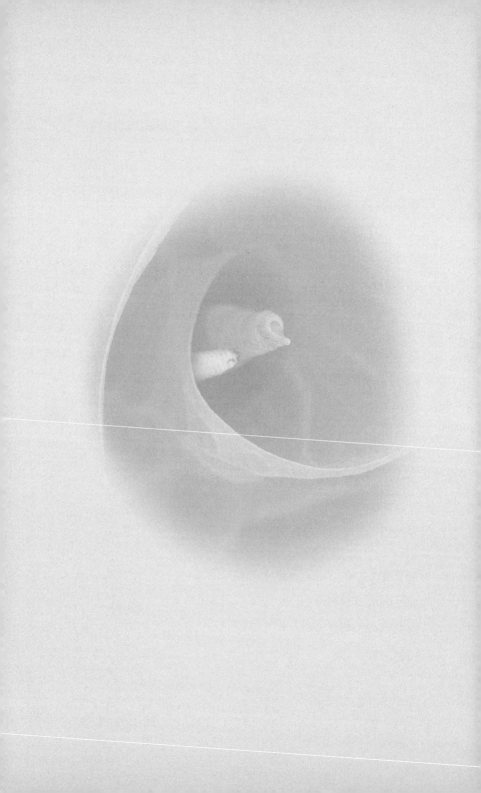

제3부

홍도의 아침

시집가던 날

온몸이 혈맥이다 속옷을 벗으니
몸서리치도록 분출하는 핏줄, 볼처럼 붉어야 할 것 아닌가
얼음 닮은 냉가슴이 뜨거울 줄 알았던 착각은
셋 중 하나를 떠나보냈을 뿐
참 가슴 찡한 이별이다 시댁으로 보내는 아쉬움을
밤하늘에 토해내고
빈 방에 드러누워 있을 거울을 닦아놓고는
술과 달을 섞어 마신 눈이 가물가물
100평짜리 방으로 들어간다
썰렁한 바람이 방안 가득 회오리친다
냉수로 몸을 씻고 눈과 귀를 모아
몸은 떠나갔어도 내 곁에 있을
제 할머니를 빼닮은 얼굴이여!

장가

생생한 기억이 숨어 있는
별자리 속에
밤이 깊었다
초여름 별 속으로 들어가
독한 양주 한 잔 마시고
밤새 잠을 설쳤다

아침에 눈을 떠 보니
아른거리는 신발장
구두 한 켤레 없어졌다

이 지구상의 인구는 줄어들지 않았으니

눈물 많이 지나가도 속으로
울었을 사람
사랑했다 하여도 떨어져야
빛이 날 사람

굼벵이 장보러 가듯 |

내 이름표

나란히 신발 벗으며
입술 맞춘다 쫀득쫀득
1985년 4월 어느 날
텅 빈 몸으로 살며시 다가와 남편이리
부르던 사람

이미 내 마음을 들여다본 그녀
나에게 다가와 샛별 같은 딸을 안겨주었다
아빠가 되었다
물기 만져지는 어린 새싹
열 손가락 솜털까지 떠받친다

내가 그를 혜윰이라고 이름 지었을 때
딸은 다가와 입을 맞춰주었다 진한 장미
그 빛깔과 향기는 밤바다의 등대
누구의 입김도 서리지 않는
에메랄드 빛 둥근 보석이다

62

김―다―민
이제 그는 나를 *할배* 라고 부른다
그림자만 남겨놓고 말없이 가 버린 세월
세월은 나에게
자꾸만 자꾸만 손을 내민다

굼벵이 장보러 가듯 |

블랙아웃(Blackout)

중간 중간 필름을 끊어내어
한나절 묶어 두었다가
휴대폰 최근기록을 열어본다
빛바랜 그림자 벌어진 하늘
틈으로 얼굴 내민다 납작하게
드러누워 눈만 깜박깜박
어젯밤 일인데 한 며칠 묻어
놓았다가 지붕 위에 널어놓고
고개 숙인 채 물어본다
어머님, 보시기 어떻습니까

신발도 없이 휘청휘청
입술, 표정 닫아두고 슬그머니
그렇게 웃고 나서 피와 눈물
섞어 바가지 하나 가득
드디어 들려오는 9형제의 선율(旋律)을
한 줄에 꿰어놓고 한도 없이
끝도 없이 살랑살랑 나댄다
어머님, 보시기 어떻습니까

생각 나름

.

하나 찍고
눈 떠보니
어지러운 세상

,

하나 찍고
손 놓으니
맛깔스런 세상

.

청춘의 나라로

그래
날아가 보라
나는 활
너는 화살
날아가 보라
기껏
과녁이 끝인 것을

그래
다시
날아가 보자
과녁 뚫고 날아가
저어기
파란 하늘로 가보자
노랑 모자 쓴 왕자
에메랄드 빛 드레스 걸친 공주
여기는 청춘의 나라

그래
끝까지
날아가 보자
멈출 줄 모르는 탄력
옳지,
쓰러져도 또 일어날 수 있는
빨간 날개 달고
떨어져도 또 날아갈 수 있는
사랑의 날개 달고
죽어서도 또 움직일 수 있는
영혼의 날개 달고
끝없이 날고 또 날아보자

눈앞엔
아직도 꿈틀거리는
신혼의 달콤함이…,

홍도(紅島)의 아침

여름 끝자락,
뱃전에서 그녀가 노래 부르고 있다
사랑은 바다 건너 언제 오려나 말없이 나는
먼 바다에 눈을 맞춰 본다

풍경 서글픈 여름 바다의 아침
파도에 멍이 들어 붉어진 바위 뒤에 숨어 나는
너를 바라본다 눅눅해진 바람으로 머리 다듬는 너
갈매기 지나간 자리 비워 놓고 너의
머릿결을 애무한 채

끝까지,
이승의 끝까지라고 속삭였다
섬의 이쪽 저쪽을 무시로 넘나드는 바람이
안개 자욱한 물 숲으로 숨어든다
그간의 침묵을 한 겹씩 벗겨놓고 갈매기
물속으로 걸어와 입 맞추는 시간까지
제 자리에 가만히, 움직이지 않는

68

너와 나의 그림자

붉게 가라앉은 바위섬들 너머로
뜨거움이 순간, 순간으로 침투해 오는
순백의 물결 바다 위에 잠자고
무엇이 남아 이 붉은 섬을 지키게 할 것인가

굼벵이 장보러 가듯

모두를 사랑하고 싶다

온정이 넘실대는 밤을 맞이하기 위해서는
이웃들이 더 밝아져야 한다
그믐달 따라 움직이는
냉랭한 그림자여서는 안 된다
새벽 잎새 위를 떼그르 뒹구는
영롱한 이슬 같은 얼굴로 하루를
씻어놓고 달 같은 미소를 짓는다
그대 가슴 속으로 동백꽃이 빨려 들어갈 때
우리는 또 한 번의 이별을 염려하지만
꽃덩이가 뚝뚝 떨어지며 완성되는 작별은
거룩함을 넘어 열정의 덩어리가 된다
사랑한다는 것이 왕복운동을 할 때
하루는 원앙처럼 하늘을 날고
하루는 썰물처럼 저물어 간다

내가 만난 사람은 모두 사랑했다
내가 만나 이별한 사람도 사랑했다
앞으로 만날 사람도 사랑하고 싶다
아침이슬만큼 영롱한 눈빛으로 하루를 걷고 싶다

70

아직 끝이 보이지 않습니까

아직 끝이 보이지 않습니까 그 입으로 물어뜯고 물리고, 그러자 혓바닥이 헝클어진 속내를 후비고 있습니까 그렇다면 서로 등 맞대고 앉아서 날마다 쏟아내는 속임수처럼 아침이면 짓궂은 진저리가 되어 있을 것입니다 은행 냄새, 황금외투 걸치고도 마음이 가난한 사람들 새처럼 더 높이 오르려다 깊은 골짜기로 곤두치고 맙니다 새벽녘 물안개 배웅하듯 보고 싶은 세상 다 보지 못하고 늘 서러워하고 있습니까 훨훨 날려 보내야 합니다 빛나는 돌에 눈 먼 사람들, 이제는 돌아와 저녁마다 달빛에 손 말리고 방법 아닌 방법으로 사는 겁니까 굴레를 벗어나지 못하는 사람들, 아직 끝이 보이지 않습니까

술

애당초 친구로부터 소개 받지
말았어야 했었다
너의 속마음을 몰랐었기에

건성으로 손만 내밀 뿐 가깝게 지내지
말았어야 했었다
너의 실체는 허무로 가득 차 있었기에

아는 척 모르는 척 끝까지
외면해야 했었다
너와 친하면 눈 먼 사람 되겠기에

말았어야 했었다 외면해야 했었다
실은 너의 등이 궁금해 따라다녔던 것을

너를 줄기차게 쫓아온 것을
후회하지 않는다
잘 사귀면 백약이라는 것을 알기에

너를 시나브로 사랑해 온 것을
후회하지 않는다
눈물과 미소를 담은 성체(成體)라는 것을 알기에

너를 평생의 반려자로 점찍은 것을
후회하지 않는다
얼어붙은 삶의 해결사라는 것을 알기에

후회하지 않는다 후회하지 않는다
사무치는 너의 침묵에 매료되었던 것을, 실은

모락산(慕洛山)

　모락산(慕洛山)*은 애초부터 제 몸을 안개로 숨긴 채 내가 가
보지 않았던 곳은 어디든지 가서 함께 머물렀다 그러나 내가
내손동(內蓀洞)을 떠날 때 사인암은 그대로 남겨놓고 갔다 산
새와 몸을 섞은 바람 물결이 모락산에서 하룻밤을 날 때면 몸
을 반쯤 숨긴 채 대천 바닷가를 건너서 저기 저 빠져 들어가
는 나에게 그 곳 소식을 전해 주곤 했다

　　　*모락산(慕洛山) : 경기도 의왕시 내손동 소재

74

이혼장

밥그릇 깨지는
소리 퍽퍽
흩어졌다

온 종일 무엇을 하였느냐는
물음에 대해
하루 종일 시장바닥을 헤매고 다니며
도장을 찍어야 할지
생각한 일 밖에 없다고

미움으로 가득한 거실의 한복판
졸고 있는 형광등
이별은 붙잡을 수 없는 이별을 달고 가고
방안에선,
이름이 생각나지 않는다

누이

늘상 제 그림자만 밟고 사는 누이가 동기(同氣) 채팅방에 글 하나 올렸다 지는 아무런 생각 없이 문 밖으로 쓸어내 버렸지만 나머지 8형제는 차디친 빔이다 어느젠가 누이가 쓸어 버린 곳에 소주, 맥주, 소맥이 각기 춤을 춘다 외조카 이자까야 개업식 자리에서 나는 가슴이 짜릿해진다 누이 말고 또 누군가가 쓸어 버릴까를 염려하면서. 이렇게 해서 아린 가슴이 아물기도 전에 어데서 좁쌀만한 고추 씨앗이 날아든다 누이 없는 빈자리에 형님, 형수님, 매형, 누님들이 아물거린다 가슴이 메어들어 아무 말 못하고 내 손에 고추 씨앗이 오르기 전에 손을 내밀어 동기(同氣)들께 손짓한다 땅에 깊이 묻으시라고 나를 무서워해 달아나 버릴 누이를 생각하면서 그 짤막한 맘을 고이 삭혀 보드라운 형겊으로 감싸놓고 싶지만 또 문밖으로 내밀어 버릴 때 이것이 동기(同氣)들의 가슴을 어떻게 울려 놓을지를 가늠하며 눈물 흘린다 내일도 모레도 계속 울 것만 같다

사인암 가는 길

종일 내리는 장맛비 가슴 속에 담아
홀로 걷는 산길에서
봇짐 정리하는 정(情)과 사투를 벌인다

30대 후반에서 50대 후반까지
한때는 찾는 이들로 붐볐을 산길처럼
활기찼던 날들, 이제는 낡은 필름 되어
애써 잊으려 한다
살아간다는 것이 싸우다 정이 들고
또 헤어지는 것이라지만
해프닝으로 시작된 단절이
깊은 장막이 될 줄은 아무도 몰랐다

비 내리는 토요일 저녁
사람 흔적 하나 없는 사인암* 가는 길
물기 먹어 미끄러운 길
땅거미 스멀스멀 무릎까지 올라오고
비구름 숲으로 내려와 길을 막는다

*사인암 : 경기도 의왕시
내손동에 위치한 모락산
(385m) 정상에 있는 바위

넋두리

논현동,

나와 동갑인 고종사촌 아들 결혼식장 아홉 살 위인 친사촌 형님은 65세가 넘으면 세월이 흘러가는 것이 아니라 날아간 다고 한다 꼭 쥐고 있으란다 무엇을요? 조카들 생각 말고 너 를, 손에 쥐는 것 놓아버리는 것 무엇인지 눈에 보이지 않고 손에 잡히지 않는 것을 쫓아가는, 누굴 향한 몸짓인가 어설프 다 숨줄이어 세상에 나온 그 날부터 긴 터널을 순간 이동하여 지켜온 내손동 골목은 통행금지 된 외딴섬이다

내손동,

한 걸음에 산허리 휘감고 학의천 징검다리 날아다니던 그 림자 휘청거리고 마나님, 자식 눈치보고 챙기며 살아온 내 삶 의 마지막 정거장은, 속내까지 꽃대 세우고 청량리 거리로 집 을 옮기는 달맞이꽃 수레에 그간의 봇짐을 싣고 이끌려간다 하고 싶은 것 다하고 사는 사람 그런 사람이 좋더라. 실은,

78

봄

온몸 파랗게 질려 떨고 있는
네 옆으로 다가가
입술 맞추고 싶어

뽀송뽀송 아기 얼굴 같은 산허리
돌고 돌아 청춘이 머무는 그 곳에
몸 맡기고 싶어

숨결처럼 밀려오는 연초록 물결이
내 혼을 날려 버렸어
네 몸 깊은 곳으로

여름밤

뜨거운 여름날
풀잎마저 잠들어 버린 오후
속살까지 뜨거워지는 노동의 시간 끝내고
달무리 헤집고 기어 나오는 황홀한 그림자

솜털 같은 풀섶엔
실오라기 하나 걸치지 않은 밤
날이 새고 나면 그뿐
아무런 흔적도 남지 않아

어둠 속에서 빛나는 당신의 하얀 미소
밤마다 살아나는 꿈
이 더운 여름밤 어디에도 갈 수 없다
깊은 골짜기, 굽이치는 강은 손을 내미는데

여름휴가

천둥 번개 장대 빗속을 오들오들 헤쳐간다 앞서가는 승용
차 백라이트는 가물가물 서해안고속도로 흔들거린다 가슴은
두근두근 멈출 줄 모르는데 3실박이 손녀는 외할머니 무릎에
서 쿨쿨 하늘에선 폭죽 터지는 소리 사위는 놀란 토끼눈 되어
저속 운행 조수석에 앉은 딸은 라디오가 만들어 주는 가락 따
라 콧노래 부른다 2시간을 가슴 조이며 도착한 대천 해수욕
장 빗자국 한 개 없는 푸른 얼굴로 고개 숙인다 어서 오셔유
수고 많이 하셨슈우

펜션 옥상의 바비큐장 수은등 환하게 웃음 지으며 손님 기
다린다 16년만의 만남 만들어진 모습 보일 필요 없다 진석아
균배야 소맥으로 시작할까 글라스 어디 있냐 니 얼굴 그대로
이다이 형님도 역시 그렇슈우 형수님은 더 젊어지셨슈이 인
사 나눌 때 딸 맥주잔 여기 있음다 김서방 운전하느라 고생했
어 농어회 킹크랩 소라 숯불구이 삼겹살 깻잎 상추에 한 입
넣으려 할 때 우두두둑 쫘앙— 대천의 밤은 지나가는 소낙비
에 파묻혀 구름 속으로 들어간다

82

갈매기 놀이터 된 새벽바다 백사장 헤집고 들어가니 얼기
설기 꾸ー꾸 울어댄다 비상을 포기한 듯 사방으로 종종걸음
벌써 친구 되었다 갈매기 쉼터를 인간이 잠깐 빌려온 것일 뿐
인간이 잠자고 있는 사이 되찾아온 그들만의 낙원 아직 지워
지지 않은 달그림자 해를 토해낸다 길게 뻗어 내린 해안선 뒤
로 파도소리 아물 때 깨어날 바다 모퉁이 돌아서니 보령화력
발전소의 불빛 맨발로 뛰어나와 나를 반긴다

끝물 백사장

항상 북새통을 연모하였으나
냉바람 불어오는 어느 날
쓰러진다고 서러워 마라

청춘 남녀들이 나의
가슴을 밟고
밤을 사르며 뿌렸던 악보와
이야기들,
이제 천천히 나의 길을 가련다

뜬 눈으로 지켜온 내 빈자리에
찬 기운 돌고 인적 끊길 때
쉰바람 가르는 갈매기들에게
내어주고
새 여름을 기약하련다

쓰러진다고 아주 가는 것은 아니다
한동안 세월에게 속다 보니

요령을 알았다
얼어붙은 구름 저 산등성이
넘어갈 때
새 여름을 기약하련다

굼벵이 장보러 가듯

넘어가지 않으려 애를 쓰는 달력
두리번거릴 때
한숨에 달려가 손을 내미니
소걸음으로 다가와 미소 짓는다
낼모레면 들이닥칠 이순(耳順)을
오래 오래 잡아둘 속셈이라도 있는
것인가
그 밑, 바로 그 밑에
늘 함정을 파놓고 기다리더니

꺾고 싶은 꽃은 절벽 위에
올려놓고
따고 싶은 별은 어둠 속에
숨겨둔 채
줄행랑치는 세월아
베고 잘 근심 베개 하나쯤은 덜어줄
일이지
내 손 붙들어 잡고 그대로 가면

| 배정주 시집

어쩌란 말이냐
짙어가는 9월 저녁
노을도 생각이 많아 숨죽인 채
머물고 있는데

다시는 속지 말자
이제야 풍경 볼 수 있는
속도를 알았으니
굼벵이 장보러 가듯
아침신문 차근차근 읽어가며

9월의 바람

소리가 다르다
9월의 바람은

타오르는 불꽃처럼 깊고 진해진 노을
차근차근 따라가면
차곡차곡 쌓이는 소리
가고 오는 것이란
생겨나고 지워지는 것이란
이마 위에 하나 더 늘어나는 주름살
같은 것

숨 막히던 8월은 어떻게 지나갔나
폭염이 가로막아 집 찾아 가는
길은 멀고도 멀어
간신히 저녁상 물리고 TV 켤 때
신새벽 풀벌레 한숨을
토해내던,

88

예고도 없이 하늘이 높아지고
느닷없이 찾아드는 서늘한 바람
바뀌는 것 하나로 삶의 무게가 달라지고
거기 남은 사람들
오독오독 9월의 바람을 씹고 있다

굼벵이 장보러 가듯 |

고척 스카이돔구장

호박벌 궁뎅이의 화려하고 단단한 껍질 같은 것이
안양천 하류 고척동 하늘로 솟아올라
대한민국 수도 서울의 뜨거운 숨결을
거침없이 들이마시고 서 있다

프로야구 34살의 굵어진 뿌리가
한화와 넥센의 함성을 몸으로 받아
깜한 하늘에 쉼 없이 울려 퍼지고
반바지만 걸친 긴 머리 아낙들의 가무와
방망이 들고 나타난 사내들의 맥박소리 들려올 때
쫀득쫀득 거친 숨소리만 토해내는 사람들
연꽃 같은 함성은 닫힌 천장에 부딪혀 돌아오고
소리 없이 깜박이는 전광판만이
나아가야 할 길을 알려준다

여기에 몰려든 사람들의 바램을 모아
이웃들의 노래와 울음을 한 데 모아
돔구장의 천장과 잔디에 이르기까지

비와 눈, 바람과 천둥까지 끌어 모아
한 곳으로 흘러갔으면 좋겠다

고척동 돔구장에서 팔당댐 합수머리를 생각한다

끝여름 오후

뭉게구름 놀다간 자리에
고추잠자리 저릿저릿 모여드는 오후
늙은 백일홍 붉게 타오르는
학의천 산책로에서
외손녀 울음소리 환청으로 다가와
뒤뚱거리는 할매
허리 펼 시간 없어라

여문 씨앗 털어 옷매무새 여미고
할미는 눈치 봐가며 널모레나
되는 것이라고 푸념할 때
알을 품은 귀뚜라미 어매
한술 더 뜬다
세월은 그림자 하나 없는
늘어진 오후에
늘 허방을 파놓고 기다린단다

추석

구름 속에 갇혀 있던 노란 덩어리
문 열고 살살 걸어 나올 때
어머니 자궁 속에서 꿈틀대던 내가 보인다
쏟아지던 별들을 수 없이 헤아리던 그림자
이제는 늙은 사공 되어

뿌연 냉갈 흘리며 달리던 기차
꿈속을 헤매어도 잡히지 않았던,
이젠 징검다리 건너뛴다

먼 훗날
나 파랑새 되는 날
따뜻한 실핏줄에 온정을 묻고
넓은 평야 수문리* 그 우물터에서
웅크리던 잠의 등을 찾아야겠다

*수문리 : 광주광역시 광산구 수완동의 옛 지명(내 고향)

구사회의 나들이

하늘길이 열려 발길 옮긴다

스쳐가는 간바람 언달아 붙잡아
우리 여기 숨결 남기고
서로가 다음 자리는 내 지역에서 하자는데
우리 언제까지,
언제까지나 너를 볼 수 있을까
바람이 우리를 넘나들고
추억은 바람 따라 저 너머까지

광한루의 달밤은 기울지 않아
나 여기서 뜨거운 밤 사르고 가리라

| 배정주 시집

만추(晚秋)

편지를 쓰라 하고
여행을 떠나라 하고
마음을 흔들어 놓습니다

누구에게 쓸까
어디로 떠날까
마음을 못 견디게 합니다

아! 거기
한 곳으로 이어지는,
당신의 품

밀양 송전탑

너를 세우기 위하여 무거운
배낭 짊어지고 길 없는 산길을
걸어야 했나 보다

물도 제대로 마실 수 없는 산꼭대기
침낭 속에서 동지섣달 긴 밤 보내고
번데기 되어 일어난 사람들

회사걱정 집안걱정 뒤로
미룬 채 오롯이 너에게만 매달렸던
우리들의 열정, 저렇게 늠름한 모습이라니!

연인원 12만 명이 들고났던 지금
눈을 감아도 눈 속 가득히 들어와
어둠을 걷어차는 너

지난 아픈 날들은
우뚝 솟은 너의 그림자가 대변해 주고

270일을 달려와

이제는,
뜨겁게 타오르는 하늘 아래서
마지막 그 순간을 기다린다

굼벵이 장보러 가듯 |

세밑 노을

어제와 다를 바 없다는 듯 저물어 가는 너
붙잡을 수 없어 이렇게 웃는다
생긋생긋

저 수평선 너머로 머리 내미는 놈은
오늘보다 더 튼실한 년(年)이었으면 좋겠다
모두에게 무지갯빛 가슴 가득 채워주는

어둠은 바다에 피를 토하며 떠오르는 저 놈은
지금보다 더 너그러운 년(年)이었으면 좋겠다
비틀거리는 모두에게 발길질하지 않는

잊을 수 없는 빛살 아래 사선으로 걸려 있는 너
그 이마에 미소가 늘어진다
생긋생긋 하얗게

98

나는 죽어도 그 산이 좋다

그 산에 들어서면,
물새의 발이 된다 담요 덮고 누워 있는 자리에 깊은 계곡이 있고 그 아래 옹달샘이 있다 물기 만져지는 시간을 달래거나 별들의 명암을 전달하고 싶을 때 그 산에 올라 물 한 모금 마신다 그 약수는 내가 발산할 수 있는 힘의 뿌리이다

그 산속에는,
내 삶의 발자취와 내일이 있다 서울 중심부에 서 있는 남산이 아닌 비슷한 모양을 하고 있는 산, 오로지 나 혼자만이 오르내리는, 가끔씩 노래를 불렀고 연극을 했었던, 내 집에도 그 산이 있다

봄에 오르는,
차디찬 땅에 묻혀 있다 누구에게도 보여주지 않은 속살을 헤집고 햇살이 한 점 한 점 녹이는 흙을 밟는, 세상 무엇과도 비교할 수 없는 말 타러 가는 길이다

우기에 접어들면,

주변의 다반사에 신경 기울이지 못한다 누구의 입김도 서
리지 않은 길 깊은 동굴 속, 귀 후비고 펌프질하면 마른장작
모닥불 지펴진나 땀으로 뒤범벅된 콧등에 미인도를 붙여주
는 여인이 있다

가을에 오르는,
산행의 극치를 맛보게 한다 숨 가쁘게 살아왔던 날들 떠올
리고 환하게 얼굴 내민다 조금은 화려한 듯 수수하게 옷을 갈
아입고 온 천하에 드러내어 붉어진, 떨어지지 않으려 몸 비틀
며 애원한다 땅 위를 뒹굴면서도 반짝거린다 머지않아 다가
올 겨울산행에 대비해야 하므로

기묘(奇妙)한 맛의 새로운 현대시 창작 작업

– 배정주 시집《굼벵이 장보러 가듯》의 시세계

홍 윤 기

일본센슈대학 대학원 국문학과 문학박사(시문학)
국제뇌교육종합대학원대학교 국학과 석좌교수(현재)
한국문인협회 고문/ 국제펜클럽 한국본부 고문(현재)

배정주 시인의 시편들을 접하면서 필자는 그가 일상적(日常的)인 차원의 소재를 가지고서도 코스믹(cosmic) 즉, 우주적인 거시적(巨視的) 시점에서 포착한 콘텐츠(내용)로써 멋들어지게 변모시키는 메디모포즈(metamorphose)하고 있는 것을 발견하게 되었다. 참으로 대단한 시적 역량인데 때문에 이 해설문의 타이틀을 '기묘(奇妙)한 맛의 새로운 현대시 창작 작업'이라고 붙였다.

우선 시를 한 편 읽어보자.

그녀를 보면 노래 부르고 싶어진다
물새가 울 듯 목청 떨리고 아무도 없는

101

마음에 나 홀로 앉아 있을지라도 한 곡조
끝나기 전 다음 곡이 생각난다
가쁜 숨 몰아쉬고
자장가 부르고 싶어진다

노래 속에 모든 것이 숨어 있고
보인다. 가슴 속 앙금으로 남은 슬픔이 숨어 있고
보인다. 갈 길이 달랐던 그녀의 앞뒤 발자취가
숨어 있고 보인다. 노래 부르고 싶어진다 바닥에
떨어지는 자선냄비의 종소리, 재즈그룹의
뒤틀리는 베이스기타, 동그랗게 누워 있는 악보,
모든 것 가기 전 한 번 부르고 싶어진다 나는
그 길 위로 날아오르는

- 〈그녀를 보면 노래 부르고 싶어진다〉 전문

우선 이 기다란 시의 제목에서부터 화자는 노래라고 하는
감응을 통한 순수하고도 민감한 심성(心性)의 변용(變容)을 이
미지로써 엮어내고 있다.
이러한 시작법은 끊임없는 자신의 감수성을 녹슬지 않게
하려고 마음 쓰고 있는 현상이다. 감수성이란 마음의 렌즈이
기 때문이다. 만약 렌즈가 흐렸다고 한다면 그것을 통해 세상
을 새맑게 내다볼 수 없을 것이다. 그러기에 "그녀를 보면 노

래 부르고 싶어진다/ 물새가 울 듯 목청 떨리고 아무도 없는/
마음에 나 홀로 앉아 있을지라도 한 곡조/ 끝나기 전 다음 곡
이 생각난다"고 하는 정감적 처리로써 고백한다.

　여기서 독자는 기묘하게도 시의 재미를 맛보게 된다. 그러
한 시의 깔끔한 감수성의 동적(動的) 표현은 은연중에 독자를
그의 시세계로 끌어들여 동화(同化)시키는 매력의 발산이라고
하겠다.

　　그냥 서 있는 모습을 하고 있으나
　　숨쉬는, 향기 없어도
　　화려하지 않아서 좋다
　　바람 부는 날
　　온몸 부대끼면서
　　나를 안아주는,
　　둘이 웃었다
　　별자리 밝고 빛나는
　　가느다란 몸에서
　　흘러 나왔다
　　나이 몇 살 늘린다고 해도
　　달라질 것 없는,
　　모두 입맞춤하고
　　그 날 따라 아름다웠다

향기가 없어서 더욱 아름다웠다

- 〈개나리꽃〉 전문

"바람 부는 날/ 온몸 부대끼면서/ 나를 안아주는,/ 둘이 웃었다"고 하여 사랑의 은유적인 표현 기법이 두드러지게 동원되고 있는 '개나리꽃'. "나이 몇 살 늘린다고 해도/ 달라질 것 없는,/ 모두 입맞춤하고/ 그 날 따라 아름다웠다"고 감각적인 이미지를 동원하여 사랑을 노래함으로써 사랑의 심도를 더욱 애틋하게 그려내는 기법 또한 대단하다는 느낌이다.

일반적인 의미의 서정시는 눈으로 볼 수 있는 가시적(可視的)인 이미지 작법(作法)을 동원하고 있다. 예컨대 자연이 내뿜는 풍경화 같은 회화적인 표현법의 동원인 것이다. 그러나 우리가 시로써 '사랑'이라든가 '절망'을 회화적인 표현법으로써 그려낼 수 있겠는가. 육안으로 포착하는 수법으로서는 그 참다운 실재를 엮어내지 못한다. 밤하늘의 별을 제대로 포착하려면 고도의 전파 망원경을 동원해야 그 윤곽을 다소나마 파악해 낼 수 있다. 우리의 일상 속에는 숱한 모티프가 태산처럼 뒹굴고 있다. 그것을 어떠한 시점(視點)에서 어떻게 포착하느냐가 이미지네이션(imagination) 처리의 소중한 문제이다. 그러기에 우리는 지금부터 반드시 배정주 시인을 찬찬히 주목할 일이다.

질퍽한 흙 그릇에 발을 묻고 유혹의
혓바닥을 움직이며 날카로운
사랑의 날을 갈아댄다

살 속에 사는 인간의 잔뿌리 질긴
생명을 아직 싹 트이지 못한 채 한밤에
태어나 수많은 촉수를 뻗어 휘저으며
그대와 함께 일구어낸 폭풍의 숲, 잠시
그대 집에 들어가 살다가 홀연히 떠나
버리고 가슴을 꿰뚫고 흐르는 강물에 먼 거리를
달려온 돛단배는 끄덕끄덕 흘러만 간다
한 번 눈길 마주쳤다 하여 발길을 허락하지 않는 땅
송이버섯 향내를 걸쳐놓은 듯 짜릿함이 방안을
채워갈 때 차디차게 멍든 그 가슴을 보면
답답한 기다림 허물어지고 말아 너의
젖무덤에, 불두덩의 언덕에, 불꽃이 날아오르는 옹달샘에,
내 몸을 던진다

- 〈펌프질〉 전문

  이제 독자 여러분은 배정주 시인의 시 속에 담긴 '기묘한
맛'을 어느 정도 느끼게 될 것이라 기대해 본다. 영어의 '맛'
이라는 테이스트(taste)는 본래 프랑스어의 테이스터(taster)에

서 나온 말이었다.

그런데 테이스터의 본래의 뜻은 필링(feeling)이라고 하는 의미와 터치(touch)라는 의미도 함께 진 것으로서 여기서의 터치는 '건드린다' 가 아니고 '감동시킨다' 는 뜻의 표현임을 상기시킨다. "한 번 눈길 마주쳤다 하여 발길을 허락하지 않는 땅/ 송이버섯 향내를 걸쳐놓은 듯 짜릿함이 방안을/ 채워갈 때 차디차게 멍든 그 가슴을 보면/ 답답한 기다림 허물어지고 말아 너의/ 젖무덤에, 불두덩의 언덕에, 불꽃이 날아오르는 옹달샘에/ 내 몸을 던진다"고 하는 배정주 시인의 〈펌프질〉을 통해서 누구든지 이미 감동하여 '기묘(奇妙)한 맛' 을 느끼고 있을 것이다.

그러기에 현대 문명의 세계 속에 살고 있는 우리는 오늘의 시대에 적응할 수 있는 새로운 시작법을 계속 발굴해내야만 한다.

일반적인 의미의 시는 상식적인 판단을 좇아가겠지만 참다운 현대시의 깊은 맛을 음미하려면 시작품 속에 파묻혀 있는 자기 하나만의 개성이라고 하는 오리지날리티(originality)를 독창성으로까지 고양(高揚)시키는 '기묘한 맛' 을 엮어내는 데서 그 시의 생명력이 빛나게 된다. 언어는 사고(思考)의 용기(容器)이기 때문이다. 따라서 우리는 지금 배정주 시인의 시적 언어의 용기 속에 녹아들어서 이미 그 속에서 헤엄치고 있다고 느끼게 되는 것이다.

어젯밤 꿈속에서
까닭 없이 미워졌다 종일
까닭 없이 그녀가 지겨웠고
까닭 없이 멀어져 갔다

꿈속에서 깨어난 지금은
까닭 없이 그리워진다
한걸음에 달려가 창문을 열고
식어가는 불두덩 묻어두고 싶다

미워 미워 하도 미워 몸서리치던 그 날
잘 보이는 벽면에 더는 안 보겠다
검은 매직으로 그려놓고
오늘은 붉은 매직으로
다시 그린다

내가 미워 못 살겠다던 그녀
모래 가득한 놀이터에 맨발로 달려와
대롱대롱 어깨에 매달려 주문을 한다
사과 딸기 토마토 먹고 싶다고
거죽 두툼한 바나나까지 손에 든 채

사랑한다고 하는 것들은

그렇게 산다. 까닭 없이

끄떡도 없이

- 〈까닭 없이 그렇게 산다〉 전문

　오늘의 시는 비유법에 있어 직유(simile)보다는 고도의 은유 (metaphor)로써 시적 존재감이 성립되는 시대이다. 그런데 배 정주 시인은 "내가 미워 못 살겠다던 그녀/ 모래 가득한 놀이 터에 맨발로 달려와/ 대롱대롱 어깨에 매달려 주문을 한다/ 사과 딸기 토마토 먹고 싶다고/ 거죽 두툼한 바나나까지 손 에 든 채"라고 직유(simile)하고 있으나 우리는 여기서 거부감 이 아닌 오히려 공감을 하게 된다. 왜 그럴까. 바로 그것은 배 정주 시인의 '기묘한 맛'의 시작법 때문이다. 이 작품의 성패 여부를 떠나서 그의 시작법에 좀 더 접근하자면 그의 표현법 은 고정관념을 깬 아이러닉(ironic)으로써 표현하는 미묘한 비 꼬기 효과를 듬뿍 거두고 있기 때문이다. 따라서 직유를 나무 랄 여지도 없이 그의 아이러니의 세계 속에 침잠(沈潛)하고 있 는 것이 독자들이다.

　영국의 저명한 시평론가 리처드스(Richardes, I. A.)는 "아이 러닉으로 표현하는 의식적인 수법을 모르고는 유능한 시인 이 될 수 없다"고 하였는데 그의 주장은 현대시의 수사학(修辭 學) 방법론으로 높이 평가되고 있다. 그런 견지에서도 '기묘

한 맛' 의 시작법을 잘 보여주고 있는 오늘의 배정주 시인의
작품 세계는 주목 받을 만한 값을 제대로 하고 있다.

　　뜨겁게 손짓한다 거기
　　바랜 립스틱 매달아둔 채
　　구석까지 꽃대를 키워간다

　　벌건 얼굴로 속내를 감추고
　　날갯짓하는 잎 속 화려한 무늬들
　　암술과 수술의 의미들
　　활짝 핀 꽃들은 왜 모두 길손들을 붙들어 잡는가

　　꺾인 무릎 끌어 안고 서둘러 이사 갈 때
　　달개비꽃도 애써 집을 옮긴다
　　서울 밤을 장식하며 보신각종을 두들긴다
　　꼿꼿이 귀 세우고 나그네
　　꽃구경 나온다

　　저녁부터 신새벽까지
　　제 살을 깎아 꽃대궐을
　　이루었으나 꽃잎 그늘 모습으로 돌아간다

　　　　　　　　　　　　　　　　　－〈꽃대〉전문

배정주 시인은 꽃을 노래하기 전에 '꽃대'를 우리로 하여금 주목시킨다. 즉, "뜨겁게 손짓한다 거기/ 바랜 립스틱 매달아둔 채/ 구석까지 꽃대를 키워간다// 벌건 얼굴로 속내를 감추고/ 날갯짓하는 잎 속 화려한 무늬들/ 암술과 수술의 의미들/ 활짝 핀 꽃들은 왜 모두 길손들을 붙들어 잡는가"라고. 참으로 그의 '기묘한 맛'의 시작법은 한국시단을 살며시 흔들기 시작하고 있다. 아니 크게 뒤흔든다. 놀랍다기보다도 경탄스럽다.

지금까지 우리는 배정주라는 한국 현대시인의 시작 현장을 제대로 보아주지 못한 게 아닌가 싶다. 거듭 강조하거니와 그의 작품 세계는 주목 받을 만한 값을 너무도 잘 보여주고 있다.

꽃을 직접 또는 간접적인 화법적 수법으로 노래한 우리나라 대표적인 시인은 김춘수(金春洙, 1922~2004)다.

그러나 배정주는 "서울 밤을 장식하며 보신각종을 두들긴다/ 꼿꼿이 귀 세우고 나그네/ 꽃구경 나온다"라고 꽃을 노래하기 전에 이미 〈꽃대〉를 우리로 하여금 주목시킨 한국 최초의 대표적인 시인이라는 것을 독자 모두가 인식해 주기를 기대해 본다.

온정이 넘실대는 밤을 맞이하기 위해서는
이웃들이 더 밝아져야 한다

배정주 시집

그믐달 따라 움직이는
냉랭한 그림자여서는 안 된다
새벽 잎새 위를 떼그르 뒹구는
영롱한 이슬 같은 얼굴로 하루를
씻어놓고 달 같은 미소를 짓는다
그대 가슴 속으로 동백꽃이 빨려 들어갈 때
우리는 또 한 번의 이별을 염려하지만
꽃덩이가 뚝뚝 떨어지며 완성되는 작별은
거룩함을 넘어 열정의 덩어리가 된다
사랑한다는 것이 왕복운동을 할 때
하루는 원앙처럼 하늘을 날고
하루는 썰물처럼 저물어 간다

내가 만난 사람은 모두 사랑했다
내가 만나 이별한 사람도 사랑했다
앞으로 만날 사람도 사랑하고 싶다
아침이슬만큼 영롱한 눈빛으로 하루를 걷고 싶다

– 〈모두를 사랑하고 싶다〉 전문

'꽃대'를 노래하던 배정주 시인이 이번에는 "온정이 넘실
대는 밤을 맞이하기 위해서는/ 이웃들이 더 밝아져야 한다/
그믐달 따라 움직이는/ 냉랭한 그림자여서는 안 된다/ 새벽

잎새 위를 떼그르 뒹구는/ 영롱한 이슬 같은 얼굴로 하루를/ 씻어놓고 달 같은 미소를 짓는다"고 노래한다. 그렇다. 화자는 여기서도 어김없이 그의 '기묘한 맛'의 시작법으로 한국 현대 서정시를 차원 높은 수준으로 고양(高揚)시키는 데 성공하고 있는 것이다.

〈모두를 사랑하고 싶다〉는 그는 인간애의 순수미학적인 '휴머니즘의 인간애'를 우리 앞에서 유감없이 발휘하고 있다. 필자는 오늘 한국시단에서 이 뛰어난 시인 배정주를 이 시집《굼벵이 장보러 가듯》을 통해서 발견한 것을 매우 기쁘게 생각한다. 빼어난 시도 읽어주고 찾아내주는 사람이 없다면 초야에 그냥 푹 파묻히기 십상이다.

이제부터 독자 여러분께 눈을 동그랗게 뜨고 배정주 시인의 '기묘한 맛'의 시세계를 맘껏 즐기며 기뻐해 주길 부탁드리련다.

　　넘어가지 않으려 애를 쓰는 달력
　　두리번거릴 때
　　한숨에 달려가 손을 내미니
　　소걸음으로 다가와 미소 짓는다
　　낼모레면 들이닥칠 이순(耳順)을
　　오래 오래 잡아둘 속셈이라도 있는
　　것인가

112

그 밑, 바로 그 밑에
늘 함정을 파놓고 기다리더니

꺾고 싶은 꽃은 절벽 위에
올려놓고
따고 싶은 별은 어둠 속에
숨겨둔 채
줄행랑치는 세월아
베고 잘 근심 베개 하나쯤은 덜어줄
일이지
내 손 붙들어 잡고 그대로 가면
어쩌란 말이냐
짙어가는 9월 저녁
노을도 생각이 많아 숨죽인 채
머물고 있는데

다시는 속지 말자
이제야 풍경 볼 수 있는
속도를 알았으니
굼벵이 장보러 가듯
아침신문 차근차근 읽어가며

– 〈굼벵이 장보러 가듯〉 전문

이 시집의 표제시이기도 한 〈굼벵이 장보러 가듯〉은 직유법을 동원한 흥미로운 유모어 터치의 우의법(寓意法) 처리를 하고 있다. "굼벵이가 장보러" 간다는 표현은 저 유명한 〈이솝 우화〉의 처리를 능가하는 탁월한 시적 전개이다. "꺾고 싶은 꽃은 절벽 위에/ 올려놓고/ 따고 싶은 별은 어둠 속에/ 숨겨둔 채/ 줄행랑치는 세월아/ 베고 잘 근심 베개 하나쯤은 널어줄/ 일이지/ 내 손 붙들어 잡고 그대로 가면/ 어쩌란 말이냐/ 짙어가는 9월 저녁/ 노을도 생각이 많아 숨죽인 채/ 머물고 있는데// 다시는 속지 말자/ 이제야 풍경 볼 수 있는/ 속도를 알았으니/ 굼벵이 장보러 가듯/ 아침신문 차근차근 읽어가며"라고 도치법의 표현 기법을 동원하여 인생의 노화(老化) 과정을 우의적(寓意的) 수법으로 둘러대는 화자의 '기묘한 맛'의 시세계 속에 다시금 우리를 깊숙이 침잠시키고 있는 배정주 시인. 그를 이번에 이 시집 원고 뭉치로써 만나보니 좀 더 일찍 만났으면 더욱 좋았겠다고 생각하면서도, 지금에라도 만난 것을 퍽이나 다행으로 여기고 싶다.

세속적인 표현으로 '고기는 씹는 맛'에서 보듯이 시인 배정주의 시작품들을 독자 여러분도 곱씹어보기 바라련다. 아니 필자가 부탁하지 않아도 이미 수많은 배정주 시인의 독자들은 그의 시 속에서 '기묘(奇妙)한 맛'을 잔뜩 누리고 있을 줄로 안다.

다시금 강조하거니와 필자가 모두(冒頭)에도 밝혔듯이 배정주 시인의 시세계에 접하면서 이 사람은 그가 일상적(日常的)인 차원의 소재를 가지고 코스믹(cosmic) 즉, 우주적인 거시적(巨視的) 시점에서 포착한 콘텐츠(내용)로써 멋들어지게 변모시키는 메타모포즈(metamorphose)하고 있는 것을 발견하게 된 것을 거듭하여 기뻐하련다.

배정주 시집

굼벵이 장보러 가듯

•

지은이 / 배정주
발행인 / 김영란
발행처 / **한누리미디어**
디자인 / 지선숙

•

08303, 서울시 구로구 구로중앙로18길 40, 2층(구로동)
전화 / (02)379-4514, 379-4519
Fax / (02)379-4516
E-mail/hannury2003@hanmail.net

•

신고번호 / 제 25100-2016-000025호
신고연월일 / 2016. 4. 11
등록일 / 1993. 11. 4

•

초판발행일 / 2016년 10월 31일

•

ⓒ 2016 배정주 Printed in KOREA

•

값 9,000원

•

※잘못된 책은 바꿔드립니다.
※저자와의 협약으로 인지는 생략합니다.

•

ISBN 978-89-7969-726-1 03810